SE BUSCA

ZORRO SOCARRÓN

por SECUESTRAR AVES
(y otros delitos espantosos)

ADVERTENCIA: ZORRO SOCARRON ES,

ASTUTO, MALVADO
Y PELIGROSO

SI LO VEN, LLAMEN A LA POLICIA INMEDIATAMENTE

Pollita Pequeñita

Adaptado e ilustrado por
Steven Kellogg

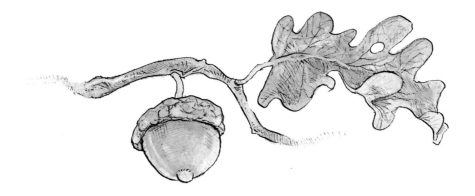

A Colin, con amor

Colección dirigida por Raquel López Varela

Traducción: Javier Franco Aixelá

QUINTA EDICIÓN

© EDITORIAL EVEREST, S. A.
Carretera León-La Coruña, km 5 - LEÓN
ISBN: 84-241-3328-5
Depósito legal: LE. 686-2004
Printed in Spain - Impreso en España

EDITORIAL EVERGRÁFICAS, S. L.
Carretera León-La Coruña, km 5
LEÓN (España)
Atención al cliente: 902 123 400
www.everest.es

—¡**P**ollo a la vista! —proclamó Zorro Socarrón
al descubrir a Pollita Pequeñita, que bajaba dando
saltos por el camino—. Con esa chorlita se podría
preparar un delicioso bocadillo de ensalada de
pollo —dijo con una risita.

Pero antes de que Pollita Pequeñita estuviera lo suficientemente cerca para que Zorro Socarrón pudiera abalanzarse sobre ella, una bellota cayó de un roble y le pegó en la cabeza.

—¡Socorro! ¡Socorro! ¡El cielo se está cayendo! —chilló la pollita.

La Gallina Paulina oyó sus gritos.
—¿Pero qué te pasa? —le preguntó.

—¡El cielo se está cayendo! —gritó Pollita
Pequeñita—. Me ha caído un trozo en la cabeza.
La Gallina Paulina se quedó horrorizada.
—¡Llamen a la policía! —gritó—. ¡El cielo se está
cayendo! ¡El cielo se está cayendo!

—¡Qué buenos muslos tiene esa gallina! —observó Zorro Socarrón—; y fritos estarán de rechupete.

Estaba a punto de lanzarse a la carga para capturar a los dos pollos cuando Pato Tato escuchó el griterío.

—¿A qué viene todo este cacareo? —quiso saber.

—¡El cielo se está cayendo! —gritó la Gallina
Paulina—. Le ha caído un trozo en la cabeza a
Pollita Pequeñita.

—¡Qué horrible! —graznó Pato Tato.

Y juntos se pusieron a gritar:

—¡Socorro! ¡Policía! ¡El cielo se está cayendo!

Zorro Socarrón se estremeció de gusto al imaginarse lo delicioso que estaría Pato Tato guisado con especias y en su salsa.

Pero antes de que pudiera salir de un salto de su escondite, la Gansa Mansa y el Gansito Gilbertito oyeron los gritos.

—¡Qué suerte! —susurró el zorro—. Asaré al chiquitín en cuanto llegue a casa y guardaré a la gordita en el congelador hasta las Navidades.

Zorro Socarrón casi se desmayó al ver aparecer a Pavo Gustavo corriendo por el campo.

¡Qué bien! ¡Ya tengo mi cena del Día de Acción de Gracias[1]! —dijo entre dientes—. Hoy es el día más afortunado de mi vida.

(1) Día de Acción de Gracias: Se celebra en los Estados Unidos el último jueves de noviembre. Se conmemora el día en el que los peregrinos hicieron una gran cena para dar gracias a Dios por haber tenido una buena cosecha.

Estaba a punto de saltar sobre sus víctimas cuando, de repente, se dio cuenta de que eran seis contra uno.

—Y ese pavo y esa gansa parecen pájaros de cuidado —murmuró.

—Me evitaré una pelea engañando a esas tontas aves.

Después de disfrazarse a sí mismo y al camión, se acercó al grupo y anunció:

—Agente Socarrón a sus órdenes, amigos. ¿A qué viene tanto alboroto?

—¡El cielo se está cayendo! —entonaron las aves a coro.

—¡Me cayó un trozo en la cabeza! —añadió Pollita Pequeñita.

—¡Es una emergencia! —exclamó el zorro—.
¡Rápido, al camión todos; les llevaré directamente a
la jefatura!

De repente, al fijarse mejor en el zorro, Pollita
Pequeñita recordó el cartel que había visto en el pueblo.

—¡Es Zorro Socarrón! —chilló—. ¡Sálvese quien pueda!

Las aves trataron de escapar, pero Zorro Socarrón
empujó a Pollita Pequeñita dentro del camión
y cerró la puerta con llave.

Antes de ponerse en marcha, el zorro no pudo
evitar la tentación de leer las recetas que había
elegido para cada uno de sus presos.

—Y en cuanto a esa tontería de que el cielo se
está cayendo —dijo con risa burlona—, ¡aquí tenéis
lo que le dio el cocotazo a esa polluela sin seso!

Y con una carcajada de triunfo, lanzó la bellota
al cielo, entró en el camión de un salto y gritó:
—¡Derechito a la cocina!

La bellota subió y siguió subiendo, más allá de
las copas de los árboles, hasta alojarse en la hélice
del helicóptero que pilotaba el sargento Hipo Lipo.

Los engranajes se atascaron, la hélice dejó de
girar y el helicóptero se precipitó hacia la tierra.

El helicóptero se estrelló contra la cabina del camión. Y Zorro Socarrón salió corriendo de entre los restos gritando:

—¡EL CIELO SE ESTÁ CAYENDO! ¡EL CIELO SE ESTÁ CAYENDO!

—¡Detengan a ese malvado! —gritaron las aves.

El sargento Lipo aplastó al zorro fugitivo
—¡Estás bajo arresto! —proclamó.

—Lo que estoy es bajo un hipogordo —dijo Zorro
Socarrón de muy mal humor.

Durante el juicio, Zorro Socarrón insistió en que era inocente. Pero el juez lo mandó a la cárcel y le ordenó una dieta de papilla de judías verdes y jugo de algas.

Camino de su casa, Pollita Pequeñita recuperó la bellota.

Y la plantó junto a su gallinero.

Años después, cuando la bellota se convirtió en un roble, a los nietos de Pollita Pequeñita les encantaba acurrucarse a su lado mientras les contaba su aventura.